無。愁。君。

曾淑美

目次

敘事以抒情

楊牧

1

我們都讀到過一些有關雪的詩，可以確定，關於微微的新雪，或者無意間眼前已經積起了一幅來不及判識的白色世界，既不抽象透明，也似乎不具體，卻有一種召喚的聲音對你，但又好像持續，重複警告著，使你猶豫不前。我們讀到過不少說雪的詩，確定，但我想當我們面對初雪的時候，如此用心投入那沉默或暴烈，卻只能和絕對的純粹維持一種相對的距離，遠遠地接納著或躲避著，如曾淑美詩裡用心的人物，卻不能置身度外：聽到的是巨大的沉默，不是無聲；看到熟悉的雨勢在另一個方向移動。我們躊躇再三，或許就因爲眼前那聲與色幾無著附，何嘗又不因爲它牽涉無窮盡，使我們一時不知如何接受或排斥，如何將那無預警的天象放在一個知識或感性的位置詳細檢視，加以評估。

但這並不是說你的感性或知識無力捕捉，掌握那瞬息天地爲你顯示的兆頭徵象。我們讀過一些以雪開始或結束，或全面以雪爲背景的故事，來自遙遠的他鄉，異國，深遠的啓示，無中生有的恐懼和同情。閱讀傳自異鄉的悲劇尚且如此——縱使雪只是龐大那天象偶然窺見的一幕，在遠處無聲有序地揭開，注定即將左右，增減，其實就是改變我們閱讀累積的言語——何況有時那雪就是爲你親身體驗作見證，以遙遠的寒天爲背景，不即不離，跳動著的一件無比完整的情節，訴諸文字成形：

細雪沉默
消逝於指尖
視線外

這裡我們就領會那雪的沉默和喧譁同時存在，在有情的中心深處，惟恐那靜也會驚起夢中人，而你書寫過程中文字如何轉折，如何有機發生卻無須多說，有則類似時間在指尖流失，消逝，惟初初飄落的細雨無聲爲見證——如那雪無聲，卻暴烈若驟雨充塞天地間，渲染的是你如何單獨面對這些，當你在小聲呵護的這時刻，「看守一段睡眠。」

這時我們就體會到，原來天地之大耳聞目及的只是短暫即景的選項，還有許多別人看不見的正由詩人專程安排放置在心底幽曲深處，卻又因爲那聽到的或聽不到的，以及看見的與看不見的，因爲多情有心的想像，正通過悄無形容的感官交融（synaesthesia）催生著一首美麗的詩。細雪沉默無聲，卻暴烈吵鬧若是，在感官反向交錯，互動的這時刻。詩人視覺能及的就是這麼多，這麼少，於指尖筆路痕跡裡浮現，而雪正開始下著，以目光追蹤它，看不見形象，彷彿只是代之而起的，奔馬馳驟的聲響。視聽不能及的就由想像搭起一座浮橋，將乍醒的心從這裡引渡，用環抱的手，讓那微微的光，「把我們推離陰影。」天地純粹的冷冽和潔白終將撲熄，消滅人間奈何突發的焦慮，悲哀。

然則，在這自覺投入的追求過程裡，語法修辭和譬喻如何來回交叉且互補，已經脫離文法邏輯的限制，自動孳長成一私密有條理的抒情體系。而初雪在遠方，在陌生的異鄉，在涼涼的窗外佈置完成的是一種關懷和愛，超越其餘。爲了如歌風格的訴說能夠完成，甚至將故事情節擺在一邊。

2

但我們並不主張將抒情和敘事對立起來就能確立一則文學論述，其實那動機和結果都可能危殆險巇。詩人悄然撥動她敏銳的心思於一遙遠陌生的樓頭，在剛剛發生過細緻的「無法言喻」之後，發覺詩和愛一樣都是神識，「捍衛文明最初與最後的安全。」她訴諸客觀與主觀發掘的天象，明暗的遠景，在靜謐的室內空間依稀的聲息裡將伸手可及的心事化解；而對我們說來，她完成的其實不見得具有完整的故事性，但卻絕對充滿了詩的張力，冷與熱在其中互相抵消。

在這樣孤獨的追逐裡設定人物，一心一意將詩的語言說與他仔細聽好，包括動作情節的佈置，無不精巧。淑美另外有一首神祕無限的力作〈無愁君〉，副題指定「寫給芥川龍之介」。這裡我們的詩人放心創造她獨有的時空環境，事件，爲了將那「清輝四溢的小宇宙」依照她的想像和知識擴充完成。她驅使非比平常的文字辭彙，排比對仗無所不用其極，顯然是爲確定即將著手朝那一大畫像進行的工夫不至於浪擲無效，比起我們習見她一般使用的語言頗有差距，正足以證明手法之敏銳，爲了將那思維深刻的日本文學人物定位，刻劃：

怎樣是虛無，危凜？似乎一時之間也不是我們亟於追究的話題，而詩人選擇在精緻旺盛的詩語言簇擁下，一一探觸無愁之「喜悅悲傷貪嗔癡」，生命的轉折顛躓圓滿終結，使我們啞口無言，不知道那麼美麗的文字一前一後敘說了多少動人的故事物語，但我們自信是幸福地在那充沛的幅度裡讀到一首心思綿密的詩。是詩，詩是那日本小說家用他的意志之才力創造出來的文學，而淑美深入探索，整合，加以找到的，或許正是那「比不上一行波特萊爾」的人生之畫像。

或者，在另外一種情緒驅使的時光裡，那一陣子，詩人說：我們傾倒於革命，「心思遠涉一個出產熱血和虛無的地方，」聽到豎笛的悲傷，聽到心跳，和數以萬計人民群眾的呼聲——聯想起更遠更遠的南美洲，並且斷定就在那裡，在一首不專對展卷閱讀的人傾訴，也不執意追究上一代賢者畫像是否眞確的那麼逼眞的一首詩裡，一首爲紀念革命者的熱血曾經沸騰，終於冷卻，超越實有和虛無的詩與政治，與哲學，向世界沉悶處丟一兩顆炸彈如何？把雛菊插進發火的槍管怎麼樣？如此寂寞，空洞，近乎絕望，如此荒蕪而富庶，如此豐饒，死靜的加勒比海，吉他調子，酒精和大麻的氣味，無畏的投入，奉獻——爲這些逝去如風雲的六〇年代勾劃形象和寓言，爲夢想和困厄，爲切．格伐拉，靈感如泉湧的切．格伐拉：

不斷虛構著各式各樣的情節
以傳述一種畢竟眞誠的情懷

畢竟，情節的成立時常便是借助想像虛構，而且不斷以類似的起結彼此約束，呼應著，但即使在小說家陰霾的風度和語氣裡，同情與智慧依然存在，充斥其中，迴盪不去，提醒我們原來無我的對話也可以持續開展，終於導致詩的發生，而那畫像實質或象徵地存在，因爲詩人虛構著各式各樣的情節有心致其長久，乃對著虛無之前那「危凜之美」將小說的製作深化爲詩，以傳述那人眞誠的情懷，又如切·格伐拉的革命與死難，那沉重的夢想和困厄猶蒸浮飄流於熱帶叢林和沼澤空中，而淑美下筆爲他作的是紀念，招喚，是一首自成規格的詩。

二〇一四·五·花蓮

飛行

……變成一隻鳥，飛行……

……往太陽途中
我目睹絕望與生命同源
同流。光河悲喜相續
不絕如縷

在星星的版圖上
我年輕無懼的翅翼

一九八一年

因預知下一次平庸的降落
而顫抖

而極目遠方滄桑後的平原
一座消失了的山
說：這是我廣袤的一生……

哀愁

一九八二年

一

在荒野，青天的明鏡裡
我看見一個善良而受困的靈魂
（一棵大樹無言地搖落一聲無由的
　吶喊 i want a woman 並且四散碎裂）

而和我的靈魂一樣蒼白的
伊的裸體彷彿說：
　請完成我……

二

做愛之前，我們
坐下來傾聽所有的慾望
自軀體嘩然崩落

躺在草地上，說給你聽

一九八三年

秋天乾燥的草坪
好安靜啊
落葉很厚很適合睡眠
我就眞的睡著了

風適時地停止
就這樣死去也很好
陽光正暖

所有的戀情已經離去
我的詩還沒有寫完
就這樣死去好了
喜悅和悲傷一一從胸坎站起來
變成遠方的樹林
在青空下無礙地生長

雨夜書

所有的星星伏在窗口哭泣
但是我喜歡在晴天
想念你

喜歡把想念
種植成一千行詩句
我流淚灌溉的花朵
春天的時候到草坪縱火
你的心田很美很美
但是不安太多

一九八三年

無法停止傾落啊
我錯覺你的影子碎成雨點
恨恨擲向夜色深奧的水淵
啊，恨恨地
長夢被髮茨睡得更凌亂了

從凌亂中坐起，我的初醒
是海上第一座島嶼的誕生
而你的雙臂平鋪著
最後一片雨涼
陽光逐漸洞穿我們朦朧的愛意

給我一株帶雨的薔薇
告別必須華麗而哀傷
雨水必須循陽光而消失
但是我的眷戀太深了
你的名字被祕密地刻在天空一角
留給晴風不斷翻閱

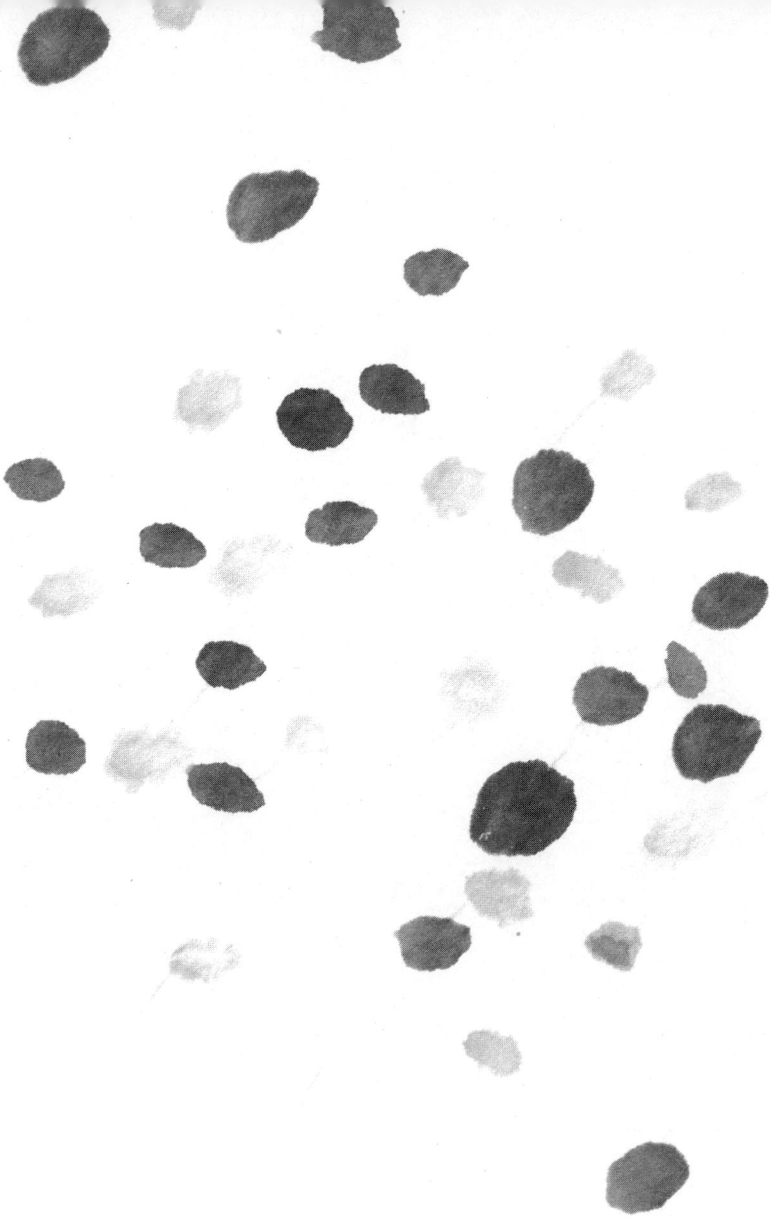

上邪曲

一九八四年

上邪

跋涉宿命的河流
呼喚你，彷彿
你是我最親愛的前世

我欲與君相知

依稀你是我
流浪未竟的今生：
飛行且哀愁的時日，雨水自懷中墜落
我微弱的體溫能否向你的衣袖
取暖？

長命無絶衰

你的衣袖雪好深啊
我綣伏在晚霞的餘溫裡
生病，惦記來生的美麗：
你走近春日海洋，一瞥之間
認出我純白的羽翼
那就是了。化雪後
陽光重新溫慰花朵
我們將一再重逢

山無陵江水為竭

難道我的誓言
必須援引山水爲證嗎？
當痛楚的胸臆中止呼吸
如山脈無有起伏；

流淚向你奔去
不惜江水自眼中涸竭！
請不要疑惑，請愛我更多
冬雷震震夏雨雪
我們在冬天穿插雷聲
夏天降一場大雪
一切不合時宜只因不忍
季節逝去如此流暢
天地合
我愛你至於心碎
乃敢與君絕

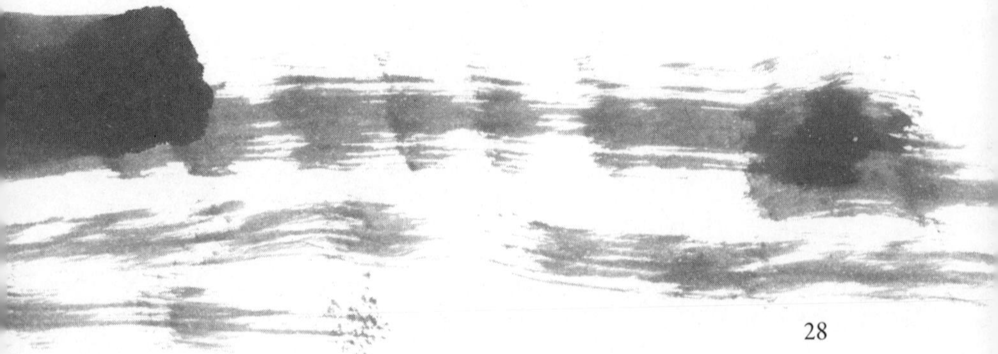

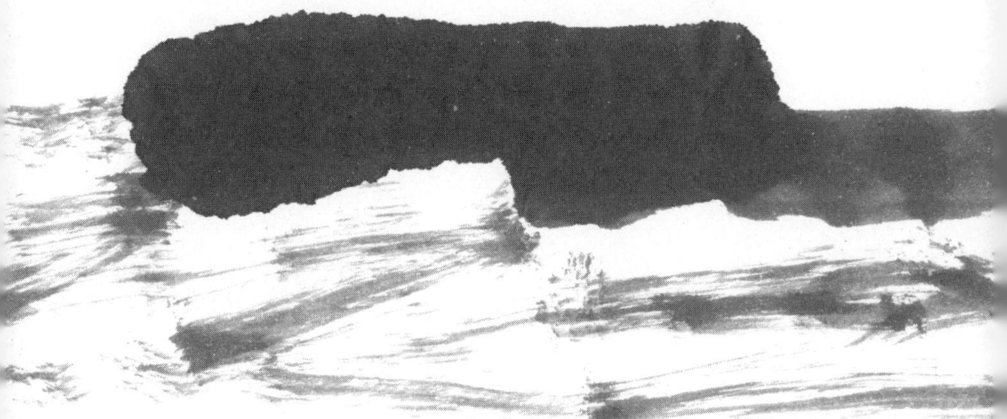

纏綿帖

長髮爲弦
我們摸索肌膚曲式
暗暗發光的
露珠一地拋滾
終於你捧住情思
雙掌沁涼如霜葉
我只是搖搖欲墜

一九八五年

我只是搖搖欲墜一朵
露珠或落花
貼睡於你呼吸左右
長髮爲袂
而下有純潔的胸臆
親吻，渥暖凍傷的心

口渴
就在你的唇上龜裂了
我之內
藏匿一座絕美的峽谷
向我更深刻地墮落
最深淵

你將獲得飛行的翅膀
低低穿掠初霞的湧生

嘆息緊緊伏住髮梢
再也穿戴不住黑夜的
愛戀，自我們腳踝滑脫
悲哀裸裎而出
我將悱惻哭泣
清晨中首次遺憾陽光

悱惻帖

一九八五年

雨時窗外
落葉持續著昨日
靜靜飄下
我的手睡著了

我的手睡著了
在別的手中；
我的唇齒夢寐著
不能呼求；
我的心肺被冰痛

屢次雪深及髮

我邁力到達你祕藏身世的河口
流水靜極，不流
我深入搜索水草
發現：毀沒的沉船
珍珠貝玉，前世的劫難

教我如何寵渥
一名男子滿懷的心事？
我向你的體內呼喊

愛
你蒼涼微笑，宛如置身廢墟

我的年輕觸手所及
只剩斑剝痕跡
扶住歲月我們恍如隔世
我流著身後的眼淚
親吻你背後的影子
一片落葉持續著昨日靜靜飄下
彷彿陽光死過一次

雨地

雨地裡
金線菊開了又謝
謝了又開，春天之後——

春天之後我就是
經常經過你幸福的窗口的
被雨水濺濕的女子

一九八五年

婚歌

我要到你的餐桌吃飯
我要在你的枕上睡眠
彼時藤蔓開出花朵
爐火爲我們驅寒

任你到我懷中生病
任你在我髮上玩耍
彼時雨水洗淨憂傷
陽光爲我們打掃被窩

一九八六年

紀念

我穿著阿根廷來的絨布褲
穿過裝滿晚霞的巷弄
同志們住在木棉樹旁
枝頭花朵一樣高的閣樓上

那陣子我們傾倒於革命
蓄長髮留鬍子，故意做愛
心思遠涉一個出產熱血和虛無的地方
灌木叢裡窩藏肯納豎笛的悲音

一九八七年

總是當星星開始挪到地球另一邊
我們在窄窄的床上伸展久蜷的雙腳
我的愛人擁抱我，哀愁得
彷彿托洛斯基擁抱垂死的馴鹿
他的決心發著痛正在胸口劇跳
我不禁也耳聞了
數以萬計人民群眾的呼聲

永遠年輕你要不要
向沉悶的世界丟一兩顆炸彈？
永遠年輕我要不要

把雛菊插進發火的槍管？
戰爭與和平忽近忽遠
Bob Dylan 憂鬱地佔領了半座牆壁
他的眼睛是藍的頭髮是捲的
我們房間最大一張海報，美國進口

和著酒精大麻，最後
一支抗議歌曲被倒進舞池了；
我感覺腳趾眷戀著光滑的地板
沒有勇氣向坎坷問路。
何不為這青春的廢墟盡情一舞？

我的愛人擁抱我，步伐躑躅
彷彿地球將沿著我們的腳跟分裂

我穿著阿根廷來的絨布褲
等待三月跌落婉轉的臂彎；
當木棉花朵豔[illegible]、飽滿得
幾乎打出嗝來
彷彿門後仍將有人應聲而出。
有一陣子我們熱衷過革命
差一點就有所行動，眞的，
祕密旗幟乃是以鎖針密密縫成——

平原上，群衆始終沒有出現
我們的天空被雷電鞭打、解構
夢想與困厄，一場雨雪紛紛……
我受命於消沉前夕最後的溫愛
在此寂寞、寂靜
連聲音都虛脫了的雪地上
不斷虛構著各式各樣的情節
以傳述一種畢竟眞誠的情懷

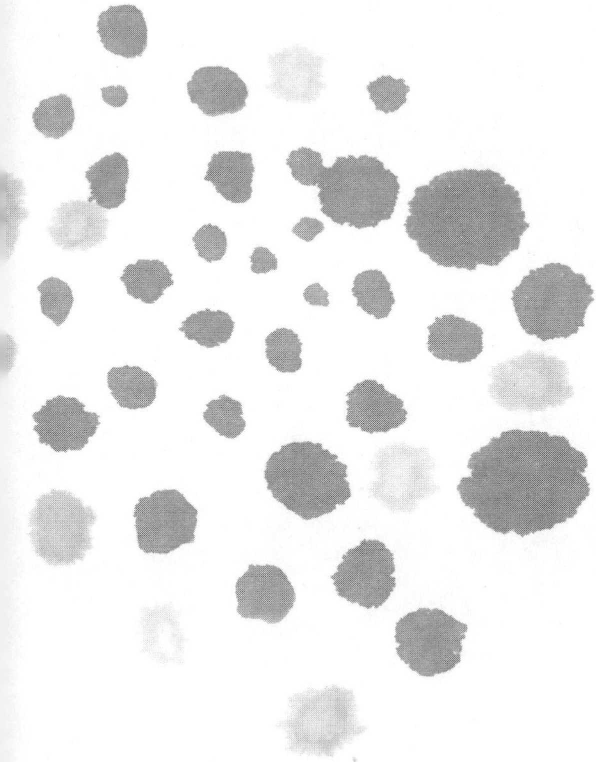

遠望

極目，再過去
草色由綠轉藍的地方
整匹原野被拖入夏日深處
我的死亡在那邊
被描繪得更加幽暗

一九八六年

襪子的顏色

一九八七年

一

鬱綠與深褐
夏秋之交的氣氛
溫暖而惆悵

走走停下來
你卻想：冬的腳步近了

二

我把傷心隱藏在
襪子的顏色裡：
鬱綠與深褐
夏秋之交的氣息

我的傷心始終不忍
涉足絕望的雪地

織物

髮絲滲入絮語
鏤空的夜
嘘息薄薄覆蓋
我們深深深深
互相依賴的身體

在肌膚和氣味之間
某種乖張的允許
手指和嘴唇滑行

一九九七年

絲麻雜交的觸感
我轉過身去任你吸吮
背後隱匿的羽翼

一片汪洋
波光粼粼的不是眼睛嗎？
激烈的舔是種招呼
眞的妳就在這裡嗎？
唇齒目光流離失所
我的喜悅彷彿被浣洗的紗
在你懷中美豔地展開

然後顫抖
斷裂而鳴動不止的琴弦
疾速投向啜泣的深淵
音樂般起伏的你的崩潰
徹底沉淪無法自拔
我的目盲比絲絨更溫存敗德
深藍近乎黑

如銀的裸
慾望完全拆解完畢
我們被月光薄綢包裹著
搖搖晃晃
走下漂流而來的眠夢

微妙的姿態像個邀請
又彷彿是逃脫

記憶

0

你走進房間
覺得我還在那裡

1

但是我已經不在這裡

一九九六年

2

伸出手
我撫摸你的目光
像落葉撫摸倒影
倒影撫摸激流
激流撫摸虛空

3

……然後你抽離
彷彿一片遠去的波浪
我被留下像一座荒涼的沙灘

4

絮語在肌骨之間
熟極而爛
思念的敗血症患者
無限下陷的溫軟片刻
奶油沉溺於腐敗
我沉溺於你

5

顏色發出尖叫

絲帶絞死自己
被語言戳傷的愛
血流不止——
在空洞之前盡情跳舞
用力踐踏
你粉碎了我的心

6

你粉碎了我的心

7

我們穿越這個房間
到另個房間
檢查這個抽屜
和另個抽屜
在每個可能翻出線索的角落
變造來日的遺跡

8

香水瓶呢
以記憶維生的

空的香水瓶
一萬朵花魂
在你離去的所在
復活

9

內部的內部的內部
更內部
內部的子宮的內部
我埋進這裡
但確實你已經不在那裡

一九七八年：

十三歲的挪威木與十六歲的我

一九九三年

我曾經擁有一個女孩
十六歲
或者該說
從未單獨旅行
她曾經擁有我
胸罩仍然由媽媽購買
她讓我看她的房間
第一封情書還沒有出現

不是很好嗎？
每年持續長高一·五公分
挪威木
輕微口吃
當我醒來的時候
對世界的看法絕對純粹
我獨自一人
彷彿伸出手指就可以把空氣切開
這隻鳥兒已經飛走了
一九七八年夏天
所以我升起火來
鳳凰樹咳血似地開花
不是很好嗎

十六歲的我與十三歲的歌

挪威木

註：「挪威木」原名〈Norwegian Wood〉，是 The Beatles 在一九六五年出版的歌。

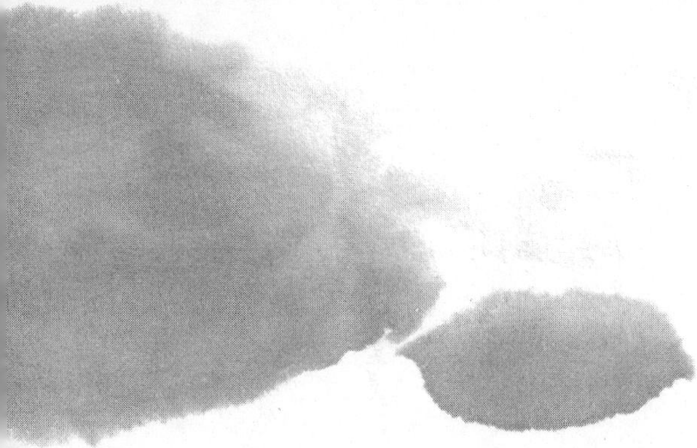

白日夢遊

你睡著了的眼睫
彷彿夏木深濃的蔭影。
宿醉之後，白日
爲了繼續對世界失態
我又幹光半打啤酒

在沸騰的空氣中夢遊
在沸騰的空氣中夢遊的
縹渺歌喉：

一九九六年

「因爲你太美好
　使我不斷哭泣」
你眞的哭了，淚珠
沿著哀痛的心弦滑下

抽噎著抽噎著
無法被語言的愛
暈眩著暈眩著
無法被細描的陰影
有一種安靜
好像好像，耳朵浸入
遠方河面的雨聲

你睡著了的額頭
閃爍著時光的波紋。
那些思慮了又思慮
生長了又生長的
悵惘，河岸密叢叢的青草

在沸騰的目光中夢遊
在沸騰的目光中夢遊的
黑髮，織成帷帳
蔭影做爲墳墓
我在夏木深濃之處

啤酒夐灑沉睡的自己
烈日福證這不祥的遺忘

於是再也無法歌唱
我將被我的幸福噎著
再也無法傾聽
你將失聰於過度隱晦的雨聲
而此刻親吻餘緒的手背
這一秒鐘我願意立刻死去——

因為你太美好，使我如此哭泣。
你睡著了的呼吸

彷彿被微風撥動的微風
爲了失態後憎惡清醒
我喝掉最後的庫存
但願長眠不起

在沸騰的心緒中夢遊
在沸騰的心緒中夢遊的
自言自語：因爲你太美好
因爲你太美好
使我必須如此哭泣

抽搐的抽搐的

無法被擺平的思念
病態的病態的
始終渴求決裂的渴望
有一種暴力
好像好像，我忽然覺知
遠方河面的雷霆

片刻

她的右頰靠著他的左肩
盹著了⋯⋯

於是
大海泛出綠光
座頭鯨和夜鶯繼續歌唱
不道德的故事不會發生
末日將遲一天來臨

二〇〇〇年

無愁君
——寫給芥川龍之介

二〇〇八年

白日末，夜淵前
你穿了一襲薄暮
支頤，坐姿恰如畫卷
微笑莫測
虛無之前一種危凜的美

陰陽交接
狗狼不分之際①

且用來混淆文明
伊其夢耶？我顫抖著
彷彿正剝除衣裳又彷彿
將展開物語，窺視那
清輝四溢的小宇宙

「君看雙眼色
不語似無愁」②
喜悅悲傷貪嗔癡
再也盛不住
閉上眼睛窒息了目光
剎那間
世界廢黜了我

華美的才智與風姿
無憑無恃我躺下
蔓延如青苔
顛倒如落花

書院內
巫人俯拾幻識
流泉迢迢，語言
顛倒如落花
蔓延如青苔
心甘情願如侍書童子：
「人生啊，

還比不上一行波特萊爾！」③
嘆息在書海彼岸留下回聲
傾倒於詩的小說家

越雷池一步
則眞誠美如謊言
再兩步
把靈魂舉起來的模樣
分不出是舞蹈或跌倒
字裡行間癲狂血脈
終究須把自己施捨給如狗如狼
屬詩的神祕來歷：
「我於往昔，節節支解時」④

露　電　夢　幻　泡　影⑤
現象沸騰之中
且讓清涼以月色趨近衣袖
火宅墟矣⑥
且聽秋蟲臨霜哀歌——

虛無座下無愁君
深淵之前何其美

① l'heure entre chien et loup，黃昏時狗狼難辨，善惡難分。

② 日本江戶時代臨濟宗的白隱禪師所作詩句，原詩後半句為「不語似無憂」。芥川龍之介喜愛此詩，將最後一字改寫為「愁」。

③ 芥川龍之介名言。

④ 《金剛經》：「須菩提，如我昔為歌利王割截身體。我於爾時，無我相、無人相、無眾生相、無壽者相。何以故？我於往昔，節節支解時，若有我相、人相、眾生相、壽者相，應生瞋恨。」

⑤ 《金剛經》：「一切有為法，如夢幻泡影，如露亦如電，應作如是觀。」

⑥ 《法華經》：「三界無安，猶如火宅，眾苦充滿，甚可怖畏。」

與海偕行

音聲消散
草葉雨漬漸乾
野花蔓生荒野
雲掠影移
薰風撫摸夏日面容
神光離合　乍陰乍陽
沿著遠方浮島流浪
我們穿行時光縫隙

二〇〇八年

熾烈焚燒的風景
過去　過去　再過去
明灰的海
遙遠地觸及秋天

豐盛的預感飛墜如果實
上升如晚霞
我們向海天微渺處
擲去一瞥：看哪
甜酒般琥珀的膚色
死亡她正淺淺呼吸著

遺世之愛難離難捨
行者失語
詩句錯亂如受傷的魚群
她們倍加精美地裂解了自己
在奇異恩典的沐浴下
在福杯滿溢的海洋中

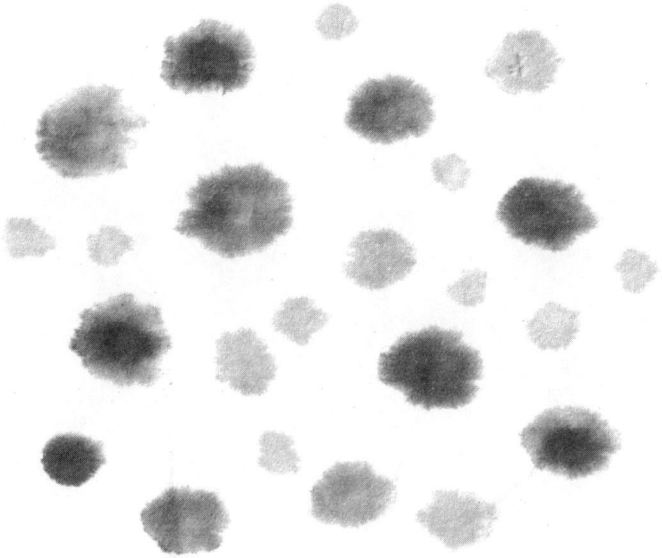

Standing Room

站著
站成一排
我們乖乖站著
自願的受罰的欠修理的
溫雅儀態

提前四十三秒
專業迅速把想像力繳交出去
遲到十五分鐘

二〇〇九年

謹此表達對中產階級拘謹魅力的
極致惡感

站著
站成一排
我們儀態溫雅
乖乖站著
純潔地無辜地該死地

飲酒五十三分鐘

「看啊那詩
　赤身露體的」
我向虛空咬耳朵
竊竊私語。在一張
既不純情也不抒情
甚至，也不色情的
沙發上

二〇〇九年

身體柳條般翻折過去
曝露於時光
妳的目光橫陳於彼
那是除此
無處可去的世界嗎？
我的末日，我的詩
不請自來的裸體客人

在呼吸中窒息
在窒息中呼吸
我愛妳我不愛妳我愛妳
我不愛妳
既親密又孤獨溺斃於葡萄酒豈不甚好？

在意識邊緣流淚又流淚
痛哭的赤裸的，除了美
手無寸鐵的詩

我包裝精美躺在
不純情不抒情不色情
根本不動情的資本主義沙發上
我的詩光著腳獨自走進荒野
迢遙的
心與獸的故鄉

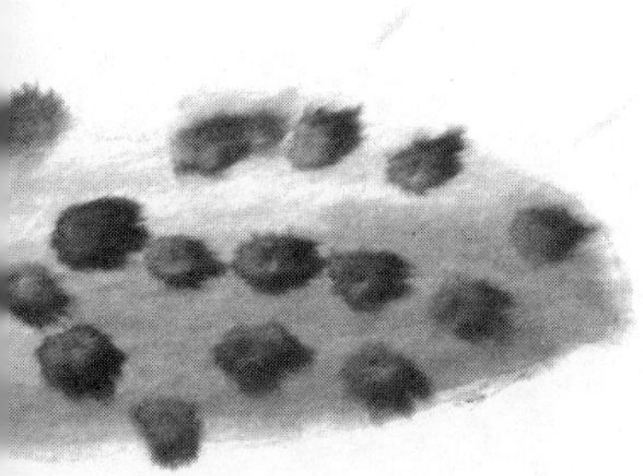

十六歲

那喜悅
熠熠生輝
上蒼拿紅寶石編織綠寶石
悄悄別住
妳額際的秀髮

啊　銀梳順從地滑落髮梢
畫出時光柔軟波紋
彷彿閃亮初雪
順從地滑落楊柳枝條

二〇一一年

彷彿撲簌簌燃燒著空氣的山茶
因無風自落而靦腆

彷彿關不住明眸的少女
半個臉頰
新月般
輕輕呈放我手掌

在如花少女的身旁

霧氣息
綠如薄荷
上蒼把銀劍從湖底升起
悄悄遞進
她無辜的手

啊　鋒芒明銳截斷初髮
露出眉宇飽滿勇氣
彷彿剛剛躍出宙斯前額
少女微笑一無所懼

二〇一一年

彷彿異星移植而來花朵
令此界斑斕失去色彩

彷彿無法自持的身世
獻祭於神話
她的長大
終須砍下父親的頭

時光漂流

古老的波斯地毯
包裹著青春的呼吸
我們相擁眠夢
漂流於時光
泛若不繫之舟

六杯葡萄酒如祭典
把我們推向遙遠
而後

二〇一一年

禁色之歌把奇想
划進雨天

時光漂流
神魂顚倒於回憶
你說：美人兒
讓我被你掠奪吧
當你親吻
熟成身體每一寸敏感
讓我爲你震動大地
當你
剝解胸前第三只鈕扣

圖畫般祕密生息
於古老的波斯地毯
我與你
手牽手如戀人
　　如姐妹
　　如兄弟
我們被酒精摧殘的容顏
酷似孿生

二子乘舟
泛泛其影
時光漂流

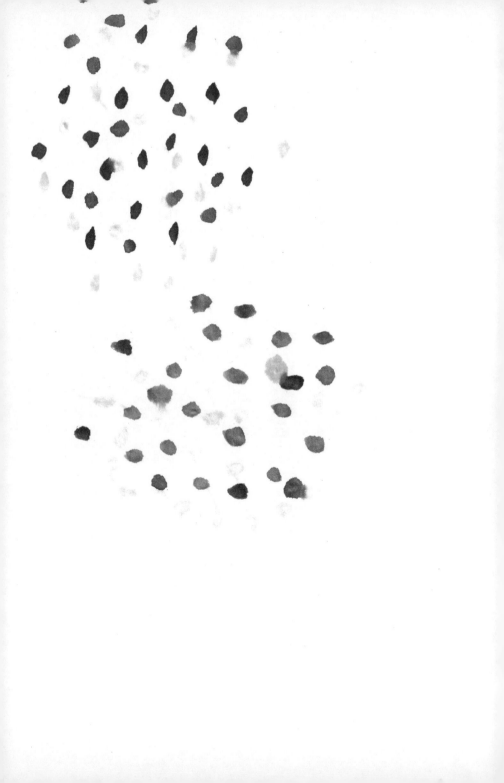

無題

自君之出矣
曠日　廢時
相思栩栩然
憂傷蘧蘧然

二〇一一年

如何

你離去之後
時間殘廢
日子荒涼
我想像的想念栩栩如生
彷彿挪開死亡
而哀愁清醒著
是不忍告別秋天的蝴蝶
翅膀顫抖

二〇一一年

北京初雪

瞬間的瞬間
請你搭載我生命
這一瞬間
讓我爲你看守
一段睡眠

細雪沉默
消逝於指尖
視線外

二〇一二年

目光中的音聲
暴烈如驟雨

我的手柔軟環抱
像溫暖圍巾
把你推離冰冷一點點
體熱
雪的微光
把我們推離陰影
一點點

讓我用淚水的速度
對你描述
因爲過度純粹而脆弱的
脆弱感
當你以自焚的焦慮
向我指稱
美麗事物一一的名字
及其無法完整言喻的
悲哀

讓我們互相守護
一夜睡眠

把世界推離黑暗
一點點

亂夢解離
於深眠的雪地
獸群嗅聞
未經馴服的語言
生猛吞噬
心志的界限
我們餘悸猶存緊緊擁抱
親吻再親吻
縫合綻裂的神識
捍衛文明最後與最初的
安全

再遠一點
星球更遠一點點
虛擲時間無所謂
浪費了整個宇宙
也無所謂
我們倖存的愛與不愛
如此華美
於是經得起一切算了吧在人間

有限
一點點

廣　告　回　信	
板橋郵局登記證	
板橋廣字第83號	
免　貼　郵　票	

舒讀網「碼」上看

235-53
新北市中和區建一路249號8樓

印刻文學生活雜誌出版有限公司　收

讀者服務部

姓名：＿＿＿＿＿＿＿＿＿＿＿＿＿＿ 性別：□男　□女

郵遞區號：＿＿＿＿＿＿＿＿＿＿＿＿

地址：＿＿＿＿＿＿＿＿＿＿＿＿＿＿＿＿＿＿＿＿＿＿＿＿

電話：（日）＿＿＿＿＿＿＿＿＿＿（夜）＿＿＿＿＿＿＿＿＿＿

傳真：＿＿＿＿＿＿＿＿＿＿＿＿

e-mail：＿＿＿＿＿＿＿＿＿＿＿＿＿＿＿＿＿＿＿＿＿＿＿＿

INK

INK PUBLISHING

讀者服務卡

您買的書是：________________

生日：　　年　　月　　日

學歷：□國中　□高中　□大專　□研究所（含以上）

職業：□學生　□軍警公教　□服務業

□工　□商　□大眾傳播

□SOHO族　□學生　□其他 ________

購書方式：□門市_____書店 □網路書店 □親友贈送 □其他 _____

購書原因：□題材吸引 □價格實在 □力挺作者 □設計新穎

□就愛印刻 □其他 __________（可複選）

購買日期：_______年_______月_______日

你從哪裡得知本書：□書店 □報紙 □雜誌 □網路 □親友介紹

□DM傳單 □廣播 □電視 □其他

你對本書的評價：（請填代號　1.非常滿意　2.滿意　3.普通　4.不滿意）

書名_____ 內容_____ 封面設計_____ 版面設計_____

讀完本書後您覺得：

1.□非常喜歡　2.□喜歡　3.□普通　4.□不喜歡　5.□非常不喜歡

您對於本書建議：

感謝您的惠顧，為了提供更好的服務，請填妥各欄資料，將讀者服務卡直接寄回或傳真本社，我們將隨時提供最新的出版、活動等相關訊息。

讀者服務專線：（02）2228-1626　讀者傳真專線：（02）2228-1598

無限
一點點
讓我們更慷慨
更不懷疑
一點點

瞬間的瞬間
這一瞬間
下雪了啊

發抖的河流

——寫給南洋姐妹

二〇一二年

歌聲幽幽
從空氣中紡出
一條溫軟的河流
波浪發抖著
哭泣著
沸騰著陌生的
喜悅與哀愁

在地球遙遠的角落
我聽過妳的母語
如此反覆吟唱
粼粼波光
一抹金色的
神話般的微笑
讓全世界頻頻爲妳回頭

妳在島嶼廚房
爲我們祕製香料
烹煮有愛且可口的菜餚

妳挽起長髮
爲人妻爲人母爲人女
用異國口音
爲孩子唱起搖籃曲

仰視南方絢爛雲彩
妳的神祇所護佑的天空
倒映
我的神祇所護佑的海洋
海天交接的藍
渲染著詩
我們共同的神祕故鄉

歌聲悠悠
在流水中盪開
明媚的絲綢
波紋浮動著
搖晃著
包覆著治療著亞洲姐妹
異地受傷的手

詩。的。身。世。

ㄅ

小學二年級，我九歲，生平會背第一首詩。
唐朝女詩人薛濤的詩。

踮著腳站在勤仔姨家客廳的書架下，
伸長手抽出裕忠哥哥留在最上層的《唐詩三百首》。
書的主人不在家。

裕忠哥哥二十歲，農校畢業受國家徵召在島外之島金門服兵役。
書架對面牆上，掛著爲日本戰死南洋的父親的遺照。

書後半部離奇地附著薛濤的詩選
翻開中間有一首：

花開不同賞，花落不同悲
欲問相思處，花開花落時

反覆唸兩次，就記住了。大概因爲每個字剛好都認得。

ㄆ

粗糙的紙頁上滿溢著光。油墨香息如塵埃撲鼻。我記得。

摘自〈春望詞四首〉。編書者或許是從四川流離來台的懷鄉文人吧。在詩人的系譜中，薛濤相對比較冷門，除了四川同鄉，誰能如此垂青，不成比例地大篇幅擺進詩選？

清晨勤仔姨在廚房炒雞肉鬆的氣味。我記得。

獨居的小庭院，種著三大叢茉莉花。初夏，花氣薰薰然。
庭院外，環繞著玫瑰花園。玫瑰花園外，環繞著香蕉園。
初夏，成千上萬隻蝴蝶集體現身。

我挾著書走進蕉園
蝴蝶慢慢　一隻
一隻一隻
一隻一隻一隻
一隻一隻一隻一隻一隻
一隻一隻一隻一隻一隻一隻一隻

一隻一隻一隻一隻一隻一隻
一隻一隻一隻一隻一隻
一隻一隻一隻
一隻一隻一隻一隻一隻一隻一隻
一隻一隻一隻一隻一隻一隻一隻一隻一隻一隻
一隻一隻一隻一隻一隻一隻
一隻一隻一隻一隻
一隻一隻一隻一隻一隻
一隻一隻
一隻一隻一隻一隻一隻一隻一隻
一隻一隻一隻一隻
停滿我的手臂和頭髮

ㄇ

一方一方書桌，靜靜躺在溫暖的空氣中
彷彿各自做著自己的夢

中華民國台灣省南投縣草屯鎮
北勢湳之南位於頂崁和南埔中間的中原國小
日本人留下幾棟檜木校舍
陽光透過金黃的盛開的阿勃勒樹，灑進午後教室

一方一方書桌，微塵中漂浮如島嶼
我趴睡在花朵樹葉濾過的，因風動搖的光影裡
在還不明白什麼是哀愁的時候，惻惻地哀愁了起來

ㄈ

三年級
竟得了全縣作文比賽冠軍，全校肅然起敬。

書法課
代課老師令小朋友自由臨帖，我自出心裁寫下薛濤那四句詩。
老師困惑地看看，問，你寫的嗎？
我點點頭。字當然是我寫的呀。
趕緊又搖搖頭。忽然想起詩不是自己的詩，是薛濤的呀。

困惑至今的是，老師那困惑的表情。

莫非，竟然他問的是：是不是你寫的詩？

ㄈ。

其後，第二首背的詩——

春眠不覺曉，處處聞啼鳥

夜來風雨聲，花落知多少

孟浩然〈春曉〉

讀起來音韻清脆，

像早晨配糜的味全花瓜的咀嚼口感。

ㄉ

夏天水稻田
冬天菸葉田
鳳凰木
檳榔樹
蔴薏
無限野花

落雷
擊斃牛羊
大水

沖走拾柴婦女
飛鷹
撲擄落單的小孩

我的烏溪河谷
既豐饒又美麗
地母的側影
既善變又無情

ㄊ

當音樂老師踩著風琴踏板
教全班同學唱：

長亭外，古道邊，芳草碧連天。
晚風拂柳笛聲殘，今宵別夢寒。
天之涯，地之角，知交半零落。
一壺濁酒盡餘歡，夕陽山外山。

我想像如果「共匪」犯台
沿著烏溪河谷穿過稻田摸進下操場翻爬上操場最後闖入教室

〈送別〉，J·P·奧德威（John Pond Ordway）原曲，經李叔同改編並作中文歌詞。

啊，全班同學一定全部一起壯烈成仁
天之涯，地之角
啊，啊，啊，獨自一個人在家的阿嬤也會死掉…

我把臉枕著深紅色的帆布書包
第一次因爲詩（及其所觸發的）而哭了起來

而且一發不可收拾，哭得聲嘶力竭
驚動正在教員休息室批改作業的級任老師
走得氣喘吁吁的她向我保證，共匪短期之內不敢犯台
因爲台灣島雖然小卻像一粒厲害的小辣椒
「會讓他們吞不下去」

3

跪在軟皮椅上
久久凝望自己：
這個，好可愛好可愛的女孩子是誰呀？

媽媽陪嫁的梳妝台是我的最愛
蛋型的大面鏡，內緣水銀浮凸著一圈玲瓏的小鏡
整座桌子深咖啡色，鏡台有小抽屜，屜上畫著古典美人。
鏡前置放髮梳，口紅，各色粉餅，明星花露水⋯
幽幽散發怡人的脂粉氣味

偶有書本流落到脂粉堆裡
例如，附著插圖的《西廂記》
張生，鶯鶯，紅娘跟著朵朵睡雲在書裡款款行動
夢遊般地說話，唸詩：

待月西廂下，迎風戶半開
拂牆花影動，疑是玉人來

元稹〈明月三五夜〉

了。

樸實的農村家庭識字不多，村莊裡連報紙也罕見
這本《西廂記》來源可疑

可能是阿嬷從收破爛的嬸婆那裡撿回來當引火紙
媽媽發現了先拿回房間翻看

無論如何那時
整首詩最愛「拂牆花影動」
因爲立刻聯想到家裡葡萄庭院一角的老石榴樹
月光下枝葉倒映白圍牆上娉婷的影子
在夏夜微風中顫抖

但「玉人」是什麼？

ㄌ

乾冷的天氣
烏溪河谷裸裎著一塊塊剛收割過的菸田
菸仔枝梗被剝去肥葉
冒著一骨嘟一骨嘟紫色小花

孩子們齊集三合院稻埕
奉命把菸葉用粗針和線繩串成一公尺左右的橫竿
大人把一竿一竿沉重的菸葉送進菸樓
用一整個冬天慢慢烘乾

手指沾染菸葉的汁液老是黑黑的
我喜歡聞那強烈的氣味，捨不得認眞洗抹乾淨

還喜歡倒吊在菸樓前的竹梯上
遠遠地聽收音機裡的女歌星唱〈望春風〉：

孤夜無伴守燈下，清風對面吹
十七八歲未出嫁，想著少年家
果然標緻面肉白，誰家人子弟？
想要問伊驚歹勢，心內彈琵琶

想欲郎君做尪婿，意愛在心內
等待何時君來採？青春花當開

〈望春風〉詞：李臨秋
曲：鄧雨賢

聽見外面有人來，開門共看覓
月娘笑阮戇大呆，予風騙不知
ㄌ。

我問陳麗民：妳有感覺歌詞跟《西廂記》很像嗎？
（她住隔壁菸樓，大我兩歲。當時正蹲在紅泥小火爐前，燉著青蒜豬肉）
陳麗民回答：《西廂記》是啥？無聽過。
（我坐在火爐邊椅條上，慢慢拂掉頭髮裡的乾菸屑，心裡有點寂寞）

ㄌ。。

然後我又問阿嬤
「心內彈琵琶」是什麼意思？是說
把枇杷從樹上彈射下來像我跟麗民仔去彈射龍眼那樣嗎？
哼著歌仔戲的阿嬤說
是「移山倒海樊梨花」啦
我說阿嬤妳是騙我的吧

ㄍㄍ

晚夕同一床鋪睡眠
阿嬤輕拍我的背，唱自編的催眠歌：

金孫，玉孫，金銅胡椒孫喔
金孫，玉孫，金銅胡椒孫哪
金孫，玉孫，金銅胡椒孫啊

其實我是她的戇孫——大人說什麼都必定相信，必定上當
頇顢到搆不上金玉等級，只有燉豬肚用的胡椒粒差堪形容

ㄎ

阿嬤一手牽著我，一手提著鴨蛋籃
我倆坐在村子中藥鋪前的大板凳上
等好久好久才來的老客運車
顛簸著上路去草屯街仔

鴨蛋送至一隱密巷弄請人代孵
那裡有一排排孵蛋的燈，暖呼呼的
頭家娘給我兩片夾塗草莓果醬的吐司
我偷看了一眼果醬玻璃罐，嗯，「自由神」牌

低垂眼皮，小口小口咬著甜美的吐司

假裝不聽地聽著頭家娘對阿嬤發出連串讚嘆：

絲仔婆，恁查某孫遮婧喔。

食物件誠斯文有禮貌。看起來足巧。

眞會曉讀冊喔？

阿嬤頭搖得像波浪鼓，一再強調：

無啦，伊眞頇顢啦

無啦，有時陣嘛足歹，攏講袂聽啦

告別出門後，高興得臉頰發紅的阿嬤說：

「鴨微仔，我們去書局，阿嬤買一本冊予妳好嗎？」

外婆名喚洪絲。她是個手藝出色的鄉下總鋪師，深受親鄰敬愛。

「鴨微仔」是我幼時暱名，小鴨子的意思，與「阿美」諧音。

ㄏ

在三省書局，不識字的阿嬤掏出十五元
爲我買下這輩子第一本課外書，《中國英雄傳》。
書裡面有班超、玄奘、鄭和、辛棄疾的故事
其中我最喜歡蘇東坡。

他在西湖造堤植柳
他爲西湖寫了一闕詞：

山是眉峰聚，水是眼波橫
欲問行人去那裡？眉眼盈盈處
才是送春歸，又送春歸去
若到江南趕上春，千萬和春住

竟然人的眉眼和山水的風景是可以互相比擬的呀！
我覺得好驚奇好佩服
一轉念卻又煩惱起來：
那，鼻子要怎麼比？酒窩要怎麼比？
我爲想不出來而自責不已

查考這闋詞的來由，赫然發現乃宋代詩人王觀作品〈卜運算元・送鮑浩然之浙東〉，真不知記誦了幾十年一直以為作者蘇東坡，其間誤解到底如何發生的？是當年的書引錯了嗎，或者我個人無意識的記憶扭曲？

幾經考慮，決定保留這或許誤挪的記憶。在事實之前，詩人寧取美麗記憶。

4

六年級

全家從鄉下搬到鎮上，我從中原國小轉學入草屯國小。

報到那一天，在陌生的新教室裡

忽然從操場遠處禮堂傳來縹緲古怪的聲音

我有生以來第一次聽見合唱團唱歌——

春朝一去花亂飛，又是佳節人不歸
記得當年楊柳青，長征別離時
連珠淚和針線繡征衣
繡出同心花一朵，忘了問歸期

摘自〈回憶〉歌詞

く

草屯國中合唱團參加省級比賽，向草屯國小借老禮堂練習

她們唱著美得不可思議的歌：

花非花，霧非霧，夜半來，天明去

來如春夢不多時，去似朝雲無覓處

〈花非花〉詞：白居易

曲：黃自

我獨自佇立禮堂角落不停流淚

制服底下胸部底下的心臟莫名地

忽然被挖開一個幽深的空洞——

空洞，是愛慾的開端嗎？

T

鎮日若有所失。

我偷偷喜歡的男生知道我喜歡他嗎？

常常說不出話來，無法和新同學順利交談。

得了全縣閱讀比賽冠軍

但無助於我在新學校自閉而孤立的處境。

放學回家就蒙頭一直睡，一直睡，一直睡

但願時間消失，在睡夢中溶解不快樂的每一天。

ㄓ

同課桌的蔡錦治給我巨大溫暖。

她的功課在班上倒數前三名，說起國語就像說閩南語
與鎮上商家子弟的伶俐同學完全不同。
她性情開朗自在，完全不把我的沉默誤會成傲慢
我們有時聊如何把蝸牛連殼剁碎餵雞、用大鼎燉豬母乳草⋯
這類專屬農家女的家務話題

我喜歡看她飆髒話，很有力氣地推擠討厭的男同學
還喜歡她脖子上的項鍊手指上的戒指手腕上的珠環
它們奇觀、華麗、閃閃發光，彷彿小溪流垂掛在她身上

有一天，蔡錦治帶一本厚厚的破書來學校
說原本是阿母從垃圾堆撿回家當柴火燒灶用的
她昨天煮飯時把書皮撕下來引火
臨時想到也許我會想看，趕緊從柴堆裡把書搶救出來

這本沒有皮的且經煙燻火燎的書叫《紅樓夢》。

イ

眼空蓄淚淚空垂，暗灑閒抛更向誰

尺幅鮫綃勞惠贈，爲君那得不傷悲？

寶玉挨打，黛玉悄悄去探看他

寶玉感激知己，特別命晴雯送舊帕去瀟湘館

黛玉心緒纏綿，在帕上題了這首詩⋯

我找出一條白色手帕，端坐研墨，用小楷筆默默抄寫

寫時熱血沸騰，五內如焚

ㄕ

葬花詩自然是美的
悲金悼玉唱演諸女子身世的曲詞也很迷人
但是但是，我隱隱疑惑
似乎這些詩一離開小說情境
獨立出來就沒有很完整的生命
跟讀唐詩或蘇東坡的詞感覺不同

然而
它們確實以一種曼妙難言的動搖感
激勵著十三歲思春少女的無窮想像力

滴不盡相思血淚拋紅豆，開不完春柳春花滿畫樓
睡不穩紗窗風雨黃昏後，忘不了新愁與舊愁
咽不下玉粒金波噎滿喉，瞧不盡鏡裡花容瘦
展不開眉頭，捱不明更漏
呀！恰似遮不住的青山隱隱，流不斷的綠水悠悠

〈紅豆詞〉作詞：曹雪芹
作曲：劉雪庵

ㄖ

唸草屯國中升學班時，楊蕙如坐在我正後方。

她來自中興新村的外省家庭
父親是國民黨官員，母親是埔里美女
白皙，頎長，美麗，擁有濃密的天然捲髮
儀態優雅，功課頂尖
除了不愛好體育，全身上下找不到任何缺點

楊蕙如雅好評論時務與事物
卡特選上美國總統時，她說道：

「我爸爸說他的面相成事不足，敗事有餘」
明示此人對中華民國相當不利

承蒙她慧眼青睞，讚美我的眉眼和臉部輪廓
「非常古典，很有味道」
被如此端莊世故的語言一修飾
我立刻覺得自己果然美得很特別
心甘情願成爲這種語言的俘虜

ㄗ

楊蕙如讀很多課外書
漫畫、小說、散文、詩詞⋯⋯無一不內行
她向我們這群侍女般環繞在身邊的同學介紹瓊瑤小說⋯⋯
「雖然是言情小說，至少，瓊瑤引用的古詩詞非常好」

我讀了《在水一方》，戲劇性的愛情故事完全記不住
倒是初次遇見黎明般的詩經，露珠般的詩經裡的詩——

蒹葭蒼蒼，白露為霜。所謂伊人，在水一方。
溯洄從之，道阻且長。溯游從之，宛在水中央。

摘自〈秦風・蒹葭〉

多麼美好的邂逅呀
伊人身影經過兩千年依然動人心弦
她佇立在清且漣漪的古老水涯，也佇立在秋日蒼茫茫的烏溪河畔
她佇立在典籍之中，在流行小說的書頁裡
也佇立在年少易感的珠淚上⋯
所謂伊人
那身影爲世界折射著永恆的追尋姿態
我們只能愛慕，無法觸及

於是若有所失似有所悟：
眞正的詩乃一完整自足的宇宙
眞正的詩穿越時空，倒映在不同境界不同的詩心中
一再重生

ㄘ

於是開始正經背古詩
從東漢〈古詩十九首〉的行行重行行 出發
走啊走，走啊走，走啊走

青青河畔草，綿綿思遠道。
遠道不可思，宿昔夢見之。
夢見在我旁，忽覺在他鄉。
他鄉各異縣，輾轉不相見。
枯桑知天風，海水知天寒。
入門各自媚，誰肯相爲言。
客從遠方來，遺我雙鯉魚。
呼兒烹鯉魚，中有尺素書。

漢朝流傳下來的樂府詩，作者不可考，一說為東漢蔡邕所作。

長跪讀素書，書中竟何如。
上言加餐飯，下言長相憶。

我深感自己前世必是漢魏書生
那個時代的無論什麼詩我都喜歡，都親切異常。

七。

順流而下也背了唐詩長篇：
李白的〈蜀道難〉，〈將進酒〉
杜甫的〈兵車行〉
白居易的〈琵琶行〉，〈長恨歌〉
張若虛的〈春江花月夜〉

ㄙ

新家位於鎮上半開發的邊陲地帶
隔著大片稻田，矗立著悠遠的白色教堂；
隨著天堂事物一起進入我們生活的
還有咖啡和西洋音樂。

熬夜唸書準備高中聯考
媽媽從鎮上糕餅店買回一大罐雀巢咖啡粉
每天晚上我用墨綠色搪瓷壺泡兩大杯黑咖啡。
鄰居家唸高職的大哥哥送Andy Williams的卡帶來伴讀
我遂抱著暖暖的咖啡杯，翻著了無生趣的課本
聽著傷感的英文抒情老歌，邁向競爭激烈的升學之路。

一

喔喔喔，還有還有，時代的聲音中
在遙遠的台北，楊弦開始傳唱「中國現代民歌」
現代詩以民歌的模樣，搖擺著、舞蹈著
欣悅地向我們走來⋯⋯

給我一張鏗鏗的吉他
一肩風裡飄飄的長髮
給我一個回不去的家
一個遠遠的記憶叫從前

摘自余光中〈民歌手〉

我是一個民歌手
給我的狗 給我的狗
給它一塊肉骨頭
……

多少靴子在路上街上
多少額頭在風裡雨裡
多少眼睛因瞭望而受傷
我涼涼的歌是一帖藥
我是一個民歌手

推開門　推開小客棧的門
一個新釀的黎明我走進
一個黎明芬芳如詩經
茫茫的霧　晶晶的露
我是一個民歌手
一邊唱　一邊走
一個新的世界我走進

ㄨ

我考上了第一志願台中女中。

新生入學典禮上，褚宛怡坐在我的左邊。
她秀髮滑順，笑容流光閃爍，和我一樣單眼皮
我們都很討厭國中老師和高中聯考，一拍即合
整個典禮不停私語交換彼此的災難史

中午休息時，褚宛怡帶我到隱蔽的樓梯間
慫恿我和她一起學貓爬

我倆穿著綠色制服和長長的過膝黑裙
一前一後爬了兩層樓
我爲這大膽的淘氣行徑暈眩不已
立刻愛上了這位明媚的叛逆少女

ㄩ

愛好「貓爬」的褚宛怡是我第一個外省人朋友
她畢業於中台灣最嬌貴的貴族女校，和楊惠茹一樣來自中興新村
父母親都是省政府的高階官員

她邀我到中興新村玩耍
穿梭在綠蔭匝地的路巷，以滿懷鄉愁的口吻介紹當地
最受歡迎的酸梅湯、白宮般的豪華電影院中興會堂、茵茵的綠草地⋯
彷彿過去離開很久（確實，她離開那兒到台中住讀了三年）
未來也將永遠離開（後來，她離開台灣和父母一起定居美國西岸）

沉靜的星期日，兩個少女一起在廚房做菜。
她家燒茄子的方法與我家大不相同
蔥、薑、蒜頭、辣椒一律切末，下油煸香，再下茄子、醬油燜燒。
她說那叫「魚香茄子」。

我家的做法簡單得多，茄子就是放蒜頭加醬油燒炒
從來沒想過薑蔥蒜可以擺在一起調味，竈腳也從未見過辣椒。

丫

妙趣橫生的言詞、怪誕離奇的舉止、近乎瘋狂的想像力⋯
而一切一切的叛逆，包裹在無與倫比的精美教養裡。
外省的褚宛怡既近又遠，宛如異國，令人心蕩神馳

只要一見面，兩人止不住說著話說著話說著話

我對她描述我的童年村莊
沿著泉水生長的野薑花呀、會抓人的老鷹呀、阿嬷帶我去放羊呀
她聽得津津有味，央我一遍又一遍重新說起
於是我朦朧明白，我擁有她既陌生又嚮往的蠻野世界
我們彼此是對方的，國境內的異國。

ㄛ

不過，褚宛怡屬於數學不屬於文學
升高二時，她選自然組我選文組，兩人遂分去不同班級。

失去說話的對象，在陌生的新班級
我又故態復萌說不出話來，非說不可時就口吃。

唯一可讓語言順暢從口中流出的時刻
當跟隨著音樂一起唱歌

七

長久長久，披頭四是我的一切。
我的呼吸，我的詩，我的徬徨，我的羞怯，我的憤怒。
我的血流速度。我的愛。我的無處可去。

常常獨自走在路上，旁若無人地吟唱：

Day after day, alone on a hill,
The man with a foolish grin is keeping perfectly still
But nobody wants to know him,
They can see that he's just a fool,

摘自
〈The Fool On A Hill〉

And he never gives an answer,
But the fool on the hill,
Sees the sun going down,
And the eyes in his head,
See the world spinning around.

或激烈地吶喊：

Don't let me down
Don't let me down
Don't let me down
Don't let me down

摘自〈Don't Let Me Down〉

I'm in love for the first time
Don't you know it's gonna last
It's a love lasts forever
It's a love that has no past

Don't let me down
Don't let me down
Don't let me down
Don't let me down

世界啊請別讓我倒下去。請別讓我掉下去。請別挫敗我。

ㄝ

同時還有舒伯特。

我們極度怪誕的音樂老師一頭亂髮，目光總是停駐遠方
他規定學生一進教室，要把音樂課本抱在胸前
畢恭畢敬九十度鞠躬，大聲說：「老師好！」

我們行禮如儀，恭謹度猶如參加葬禮時對著遺像致敬。

老師總是草草敷衍過課本上的東西，迫不及待跳進舒伯特
他彈起鋼琴如淙淙流水
帶領我們唱〈野玫瑰〉、〈菩提樹〉、〈鱒魚〉、〈小夜曲〉⋯

〈小夜曲〉歌詞

我的歌聲婉轉輕盈　正向你懇請
我的愛人乘著萬籟　寂靜又無聲
柔枝輕搖竊竊私語　在那月明中　在那月明中
縱使有人窺探竊聽　別怕啊愛人　別怕啊愛人
你可聽見夜鶯歌聲　啊向你懇請
她用甜蜜祈求聲音　來向你懇請
她知道我聲調感動　愛的深心情　愛的深心情
用那銀的聲調感動　一切柔軟心　一切柔軟心
也應感動你的芳心　愛人請靜聽
我期待你至於心震
來使我欣幸　來使我欣幸

每當唱到「我期待你至於心震」
他閉著眼睛從胸腔嘶吼而出，兩隻手彷彿毆打著鋼琴

丂

如何竟遇見紫式部的《源氏物語》呢？

一直記得是高二放暑假前，在溽熱的教室
從圖書櫃尋出《幼獅文藝》，無意間翻讀了第一帖〈桐壺〉——

不知是那一朝帝王的時代，在後宮眾多女御和更衣之中
有一位身分並不十分高貴，卻格外得寵的人。

任何時代的文藝女青年都很難抗拒這樣的故事開頭吧？
於是一口氣讀完第一帖，又忙著往下找第二帖、第三帖⋯⋯

多年後讀林文月女士的全書譯序，才發現
《源氏物語》自始至終只在《中外文學》連載
從一九七三年四月到一九七八年十二月，一月一期一帖。

那麼，一九七九年仲夏
應該是在過期的《中外文學》上遇見這小說。
之所以一直誤記成《幼獅文藝》，尋思起來，也不是毫無因由
我曾經在《幼獅文藝》讀過谷崎潤一郎的〈春琴抄〉
雖然是和《源氏物語》長篇巨構完全不同的美麗短篇
腦子裡的文學記憶
卻自動把「日本區」劃歸一類而互相混淆了

八

諸多故事中，獨鍾第四帖〈夕顏〉。

出身平凡的神祕女子，翩然而來的邂逅，倏忽而去的死亡於是完全來不及衰老、腐敗，一貫天眞的愛情被完整呈奉宛如戀人初相遇時，被呈奉在深染薰香白扇子上的白色花朵

「把花兒放在這上面帶給他吧。
枝葉蔓生，不好用手拿著呢」
一個穿著杏黃色絲綢裙褲的美少女從那裡面走出來，舉著一面深染薰香的白扇子說。

讀小說的我，覺得自己正是那穿著杏黃色絲綢裙褲的少女
以澄澈無邪的目光，注視著非人力可移轉的世界
只能平舉扇子，獻上最初與最後的祝福。

幺

又有一段故事，女主角的綽號太美了：朧月夜
典出白居易的詩，不明不闇朦朧月。
源氏深思熟慮挑選衣裳，在暮色中與這位貴族少女約會

他穿著面白裡紅質薄的唐羅外掛，
下面拖著面紫裡青的長長的裳裾。

古代衣料極薄脆，目視起來皆是半透明
而且衣裳必經講究的薰香。
這一身打扮是當時最時髦的瀟灑便裝。

ㄡ

在台灣的中華民國，逐漸成爲看不見的國家
當最重要的盟邦美國也棄她而去
台灣再度成爲亞細亞的孤兒。
巨大的國家認同焦慮，擊打著年輕知識份子與藝術家
整個時代掙扎著從黨國威權噩夢中甦醒過來

收音機裡，外省籍女歌手以清新的唱腔詮釋河洛語民謠〈搖嬰仔歌〉
宛如遠遊歸來的浪子重新發現故鄉。
我第一次聽聞長期被國家機器打壓的母語如此上得了檯面
簡直受寵若驚——

嬰仔嬰嬰睏，一暝大一寸；
嬰仔嬰嬰惜，一暝大一尺，
搖子日落山，抱子金金看，
你是我心肝，驚你受風寒。

ㄢ

楊祖珺繼續歌唱那來自馬來西亞的僑生
李雙澤譜曲獻給台灣的〈美麗島〉——

我們搖籃的美麗島，是母親溫暖的懷抱
驕傲的祖先們正視著，正視著我們的腳步

他們一再重複地叮嚀，不要忘記，不要忘記
他們一再重複地叮嚀，篳路藍縷，以啓山林

婆娑無邊的太平洋，懷抱著自由的土地
溫暖的陽光照耀著，照耀著高山和田園
我們這裡有勇敢的人民，篳路藍縷，以啓山林
我們這裡有無窮的生命，水牛、稻米、香蕉、玉蘭花

越過二二八事件、越過白色恐怖、越過被全球遺棄的恐懼
少年台灣第一次練習
無條件接納並熱愛自己出生的土地，語言，歷史，創傷。

詩人陳秀喜作〈臺灣〉，經梁景峰改寫為〈美麗島〉歌詞，由李雙澤譜曲，傳唱至今。

ㄣ

坐在我前方的班長L，眉目明燦，柔唇豐腴
男生和女生都崇拜她，她也同時喜歡女生和男生
雙重豐盛的可能性，多彩寶石般隱隱幅射出傳奇光芒
她的愛意準則不是性別，而是才智與美。

來自醫生世家的L從小發表新詩，還寫得一手好字
簡直是夢幻般從天而降的文青女神
在我們全體文組女生心目中，擁有不容置疑的絕佳品味
而她的課桌抽屜永遠擺著楊牧的詩集。

她向我推荐楊牧的詩，我一讀立刻也迷上。
當時買的《楊牧詩集I》至今仍然小心翼翼保存著
書上有我模仿L字跡的幼稚簽名
在一首隱藏著女神名字的詩旁邊，我甚至用鉛筆畫了L的速描。

十月在樹梢，紅的是楓
怎麼樹影們蓋不到低低的十一月和十二月？
但路是有人走的
靜靜的秋天也是有人走的

最深的影子裡有我
我已沉睡太久了，腳步聲像嘆息
聽她們敲來敲去

摘自〈路於秋天〉

九

以及，《畫冊》，震撼人心的天才之書
到底是從什麼樣的靈魂什麼樣的才智噴湧出來的呀？
我們一頁一頁恭敬地拜讀，遐想詩人羅智成
對他燦爛如春日杜鵑的精美詩句敬畏不已

泉斷如玉，泉響益清且晰
一日我會顧拾舊事
細聲唱出，爲遠方唱的
一日又有新的境界來臨。乃是一些醇厚的事
登峰造極

摘自〈流蘇墜地〉

ㄥ

但是，眞正燃起我寫詩慾望的，
是楊澤的第一本詩集《薔薇學派的誕生》。
他的詩擁有全部十六歲少年的脈搏和正直
與全宇宙的純眞靈魂血脈相連

請讀我——請努力讀我
非掌非臉非鐘非碑的
我是縮影八〇〇億倍的一個
小寫的瘦瘦的i
請讀我——請努力努力讀我

摘自〈煙〉

我是生命，我是愛，我是不滅的
靈魂，焚屍爐中熊熊升起的一片
一片獨語的煙

我一遍又一遍反覆朗誦
彷彿它來自自己的肺腑

儿

一九八〇年十月
《Double Fantasy》閃亮亮登場
全世界搖滾歌迷爲藍儂的東山再起振奮高歌

Our life together is so precious together
We have grown, we have grown
Although our love is still special
Let's take a chance and fly away somewhere alone
·

摘自〈Starting Over〉

It's been too long since we took the time
No-one's to blame, I know time flies so quickly
But when I see you darling
It's like we both are falling in love again
It'll be just like starting over, starting over.

十二月，約翰藍儂猝然被槍殺。
我流著眼淚
爲哀悼死去的偶像而寫下今生的第一首詩。

心與獸的淺呼吸

林觝

1

談詩，我是巷子外的。

淑美擲給我一疊詩稿，讓我欣喜，直覺是她友愛的表示。接著苦惱了幾個月，不知如何下手，幾次在深夜細聲朗讀，配上酒，覺得進入狀況可以提筆，可總是被工作（日漸加重的工作）打斷，於是類似的操作一次次重演，直到現在。

寫詩，卻是解放身心的絕佳媒介，如同山裡漫步、海中戲水。

認識淑美從這裡開始：朋友J把我寄給朋友們的詩作轉給她，據說她喜歡，然後她就被朋友帶來我鐵皮屋下飲宴作樂。頭攏印象模糊，她似乎羞澀在角落，不多話也不多喝，走時借了本書，寫西鄉隆盛的。還書已在半年後或許更久，她聽聞我生病，帶來一罐補品，在鐵皮屋外陽台的傍晚，我們喝茶，禮貌地交換寒暄，天黑之前她告退了。不久後，她匆匆到北京工作。

淑美回到台灣已經是近兩年以後，三兩朋友偶爾碰面，喝酒，每喝必馬西馬西，在恍神中我們肯認了共同的愛人。讀淑美的詩之前，先讀懂她人，從她的酒品、她的器量、她聲調的氣味，還有她對朋友的眞摯熱情，懷舊。通信中，她寄來一篇回憶文章〈陳映眞先生，以及他給我的「第一件差事」〉，才知道我們二十多年前各自工作的場所（她在「人間」，我在「老任」），近在咫尺卻未曾見一面；也知道在楊牧《一首詩的完成》書裡，其中一封信來自草屯的哲學系學生就是她，她信中洋溢詩意的文字在楊牧的揉捏重組下形變爲金枝上的神禽，助我直奔昔日那顆易感脆弱的初心，不變——楊牧說：「你的信就如此使我感到堅強，喜悅。」

片刻幸福，在且猶可醉的友愛間瀰漫。

2

少年的執著，詩爲志。

二十五歲前，古典的文字駕馭，讓人驚豔淑美早熟的心。「死亡」與瀕死描寫反覆呈現，彷如獨立宣言，以之抵抗父/性權力的壓抑，欲夠分的青色膽識，總有意外的溫柔，如此讓人疼惜：

我的手睡著

我的手睡著了

在別的手中

美的執念反覆於死的修辭，無比的重量壓在少年身上，直到〈婚歌〉，難得底輕快：

我要到你的餐桌吃飯
陽光爲我們打掃被窩

愛欲宣示著舒展之意志，轉向輕，揮別平庸的降落？但我仍迷失在生與死的陰翳之間。

3

夜晚讀詩稿的這個秋季，迷上了游泳。喜歡把身體交給水，重新學換氣，打節拍。在水中朗誦，閉息的聲韻，水中視覺模糊，只能從音波拼湊意識，我怕在黑黑的詩水中遇見白鯊，你的長大，終須砍下父親的頭。在泳池外大街撞見行進中的死亡，被封街的喧囂，無有動靜，只剩兩種顏色，懸空的知覺，劇痛窒息著，等待救援……

想著淑美的詩，空間跟著焦躁。事故，躺著的他，塞車，我需要紙筆，此刻無法記憶，透明以及泅水而來的紅：

在泳池，無法
不以謙遜的眼神
（君看雙眼色）

向漂浮而過的身體致意：
讓崩壞中的我身
稍獲慰藉，並提醒
客觀世界的存在

我游不回家。索性把自己鍛鍊爲理性，從此感官寄生在靈肉的孔縫，不敢探問虛實，砉然扳開的瞬息，性感才露臉：

二子乘舟
忽兮恍兮
以輕負重
無愁君

4

今夜，依然游不回家：

死亡她正淺淺呼吸著

我們穿行時光縫隙

詩句錯亂如受傷的魚群

這樣吧，讓我爲你看守一段睡眠：你怕一腳栽入洞中拔不出來，腳挨餓，求救無人搭理，餓斃數日腐爛開始，剩餘的肉味黏貼在石縫蘚衣上，多年後，路過的山客偶爾觸碰到你餘溫的懾人肉魂，勾起一丁血色的記憶，你復活了，瞬間，世界朝你歸零，你彎腰揀拾/掉落滿山的嗓音，儘管多年/依舊繞著山脊盤升……

我的詩光著腳獨自走進荒野
迢遙的
心與獸的故鄉

明夜，我想游回鐵皮屋外陽台，我們啜飲，不語地交換擁抱，天亮之前你告退，片刻幸福流淌在你歸返的路上……

INK PUBLISHING 文學叢書 413

無愁君

作　　者　曾淑美
總 編 輯　初安民
責任編輯　鄭嫦娥
美術編輯　伍慧芳　陳淑美
校　　對　曾淑美　鄭嫦娥

發 行 人　張書銘
出　　版　INK 印刻文學生活雜誌出版有限公司
新北市中和區建一路249號8樓
電話：02-22281626
傳真：02-22281598
e-mail:ink.book@msa.hinet.net
網　　址　舒讀網 http://www.sudu.cc

法律顧問　漢廷法律事務所
劉大正律師
總 代 理　成陽出版股份有限公司
電話：03-3589000（代表號）
傳真：03-3556521
郵政劃撥　19000691　成陽出版股份有限公司
印　　刷　海王印刷事業股份有限公司

港澳總經銷　泛華發行代理有限公司
地　　址　香港筲箕灣東旺道3號星島新聞集團大廈3樓
電　　話　852-2798-2220
傳　　真　852-2796-5471
網　　址　www.gccd.com.hk

出版日期　2014年 8 月 初版
ISBN　978-986-5823-91-7

定　　價　240元

國家圖書館出版品預行編目(CIP)資料

無愁君／曾淑美作. --初版. --新北市：INK
印刻文學, 2014. 08
192面；14.8×21公分. --（文學叢書；413）
ISBN 978-986-5823-91-7（平裝）

851.486　　103015380